ANALISE

DE LA TRAGÉDIE

DE

L'ORPHELIN

DE LA CHINE,

Représentée pour la premiere fois par les Comédiens du Roi, le 20 Août 1755.

. . . . . . incedo per ignes
Suppositos cineri doloso. Hor.

Par M. le Chevalier DE LA MORLIERE.

Le prix est de douze sols.

A LA HAYE,

Et se trouve

A PARIS,

Chez VALLEYRE fils, rue saint Jacques, au Bon Pasteur.

M DCC. LV.

ANALISE
DE LA TRAGE'DIE
DE
L'ORPHELIN DE LA CHINE.

QU'ON ne s'imagine point que mon but est de répondre à d'injustes critiques, ou de me servir du tour usé d'une insipide ironie, pour faire remarquer les beautés d'un ouvrage fort au-dessus de mes foibles louanges. Un homme en place, dont les connoissances méritent la plus grande estime, & dont les occupations le retiennent éloigné de la Capitale, m'a engagé à lui tracer l'effet qu'a produit en moi cette Tragédie, & les causes qui ont pu déterminer mon sentiment à cet égard. Ce n'est donc que pour lui que j'ai mis la main à la plûme, mais je n'ai point renoncé à la justice que j'attens des gens désinteressés, & je confesserai sans détour que je serai aussi flatté de leur suffrage, que peu sensible à l'improbation de ceux que mille motifs étrangers rendent d'un avis different.

Verra-t-on donc toujours les gens de Lettres, dont la décision devroit être l'oracle du monde éclairé, donner par leurs dissentions perpétuelles, le spectacle le plus capable d'affoiblir le mérite de leurs talents, & venger par ces coupables inconséquences, la multitude des hommes que la supériorité de leurs lumieres leur soumettroient? joug qu'ils ne secoueroient jamais sans le juste motif de récrimination qu'on prend plaisir à leur fournir. Plusieurs personnes éminentes se disputent sans ménagement le Sceptre du génie, il tombe dans la mêlée, & il est foulé aux pieds par la populace.

Je ne crains point de le dire, si les Ecrivains par l'indécence avec laquelle ils férraillent les uns contre les autres, s'enlevent une partie de leur considération, loin de blamer les gens du monde, qui satisfont leur jalousie en les jugeant sur leurs dépositions mutuelles, je dis qu'ils ne les déprecient point encore autant qu'ils se mettent dans le cas de l'être.

Mais n'entrons pas plus avant dans un détail si triste pour l'humanité, & rendons compte de notre impression personnelle, non en donnant notre sentiment comme loi, mais comme une opinion particuliere, soumise au tribunal de la raison accompagnée de lumiere & dégagée de tout esprit de parti; & sans entreprendre de ramener ceux qui ont prononcé contre cet ouvrage, puisqu'à part la mauvaise honte qu'on attache toujours à changer d'avis, entre gens qui courent la même carriere & qui se croyent égaux, *Quis famæ pepercit?*

Si je considere en bloc le sujet de cette Piece, j'y vois non-seulement tout ce qui peut attacher les connoisseurs, mais encore ce qui peut subjuguer ceux dont les occupations, les devoirs

& les lumieres, ne ſont point relatives à cette eſpece de travail de l'eſprit ; je vois pour les premiers, un ouvrage d'une grande maniere, d'une ordonnance ſimple, mais haute & majeſtueuſe, une protaſe claire & qui prépare à un évenement attendriſſant, des caracteres de la coupe la plus heureuſe, & dont les couleurs ſont fondües avec cet art qui ſe ſoumet avec tant d'adreſſe à la nature ; je trouve à chaque pas un intérêt qui devient plus preſſant, j'y trouve le *creſcit eundo*, à chaque Scene, une cataſtrophe affreuſe, balancée d'un côté par les vertus les plus éminentes, & de l'autre par les remords les plus reſpectables, faire place enfin à un dénoüement filé avec un art inoui, & d'autant plus ſoumis aux regles de la grande Tragédie qu'il ne doit ſon effet à aucune reſſource épiſodique, & ne s'écarte jamais de cette ſimplicité ſévere, qui conſtitüe les grandes beautés de ce genre.

A l'égard des hommes en général, pour qui ceci n'eſt qu'un objet d'attention paſſagere, quelle riche ſource de leçons, & en même tems de choſes conſolantes pour eux! Où vit-on jamais l'attachement dû à ſes Princes préſenté dans un plus beau jour, & la cauſe de la nature plaidée avec plus de chaleur? Qui jamais offrit avec plus d'avantage le côté philoſophique, juſques dans les moindres objets? Qui jamais connut mieux l'art de rendre le médiocre content de ſon état & d'affermir le malheureux contre les revers les plus accablans? Enfin quelle eſt la Piece dont tout homme de quelque état qu'il ſoit, puiſſe emporter plus de ſatisfaction, ſans la devoir même à une étude ou à des connoiſſances portées juſqu'à un certain point?

Ceci paroît ſans doute une opinion révoltante, un paradoxe même aux improbateurs de cette Piece: eſſayons ſi nous ne pourrions pas le prouver.

Le rôle de Gengis-kan peut-il être aperçu par les gens qui ſont entierement à froid & dégagés de paſſion, ſous un autre point vûe que celui d'un Prince dans lequel une éducation martiale, féroce même si on le veut, n'a pu intercepter ces sentimens de grandeur d'ame, d'humanité & de justice, présages presque certain, des heureuses destinées d'un Conquerant. Mais c'est un Tartare dit-on, est-il vrai-semblable qu'il puisse être subjugué par une femme, & surtout après en avoir essuyé jadis d'insultans refus? Et qu'importe à sa sensation actuelle un événement que mille grand objets ont du nécessairement faire changer de face à ses yeux? Gengis-kan, maître du monde peut il éprouver la mortification du Tartare Témugin, sans que cette image en se retraçant dans son ame, y soit accompagnée des impressions qu'y ajoûte nécessairement sa grandeur présente. D'ailleurs pourquoi le Tartare ou le Scithe seroit-il privé de toutes les prérogatives de l'humanité? est-ce la premiere fois qu'on nous a dépeint sur nos Théâtres des Souverains de ces Nations hyperborées, sensibles, tendres & généreux? Quelle pitoyable objection d'assujetir l'ame d'un homme à son pays, à son habit, ou à l'air qu'il respire! Et quand même ce personnage seroit un être de raison, les beautés qui en résultent ne racheteroient-elles pas le défaut de vérité, très-indifferent au Théâtre par lui-même, surtout lorsque le vraisemblable lui est supérieur; mais on a une réponse plus précise pour les rigoristes; qu'ils lisent l'Histoire, ils y verront le caractere de Gengis-kan, peint des mêmes couleurs que dans cette Piece.

Le personnage de Zamtti paroît encore avoir essuyé plus de contradictions; & malgré l'impression générale que fait une si haute générosité, & un dévouement si parfait & si rare, ceux dont le parti étoit pris d'avance sur l'effet que leur devoit faire la Piéce, ont mieux aimé attribuer la résolution qu'il prend de sacrifier son propre fils, à un excès de barbarie inadmissible au Théâtre, que de voir en lui un Citoyen attaché sans relâche à des devoirs dont on ne se peint pas fidélement toute l'étendue ; ils ont feint d'oublier que ces exemples d'un Patriotiſme inébranlable ſont très-fréquens dans l'Hiſtoire Romaine, que les Manlius & les Brutus nous ſont dépeints dans les mêmes circonſtances. Ils ont trouvé Zamti plus féroce que les barbares mêmes qui le réduiſent à cette option inévitable, & ont tenté d'arracher la vraiſemblance à un caractere auſſi rare que reſpectable, qui met en œuvre toutes les beautés du ſujet, en faiſant ſortir de ſes entrailles même tous les traits lumineux qui partent d'une oppoſition ſi touchante. Le parti qu'il prend de céder ſa femme au Conquérant, pour tenter le dernier moyen de conſerver le ſecret de l'échange des deux Enfans, leur a ſemblé une réſolution condamnable à tous égards, ils n'ont pu excuſer un ſi bizarre abandon ; Zamti leur a paru ſe ſouiller de foibleſſe & d'infidélité ; & comme il n'eſt pas poſſible qu'on ſe trompe toujours dans ſes jugemens, j'avoue de bonne foi que je me range ſous leurs étendarts dans cette occasion-ci, & que l'Auteur n'a pas assez ménagé dans ce morceau la délicatesse de nos François sur ce point: aussi oserois-je répondre qu'il sera retouché : & que ne doit-on pas attendre d'un homme qui corrige aussi souvent qu'il change?

Quant au Caractere d'Idamé, j'oserois avancer sans craindre d'être taxé de partialité qu'il a enlevé généralement tous les suffrages. Ce Role, incontestablement un des plus beaux & des mieux finis qui soient au Théâtre, constitue à lui seul le plus grand mérite de la Piéce, & met dans le jour le plus éminent, la multitude de ressources que peut fournir le sentiment maternel dans les mains d'un homme qui a une connoissance sûre du cœur, & qui est naturellement grand coloriste; Quelle chaleur d'action & d'interêt ne résulte pas de la situation terrible de cette mere éplorée! & par combien de revers imprevus & victorieux, n'est-on pas conduit à ces deux sentimens de *terreur* & de *pitié* si fort en recommandation chez les anciens, & qui font le vrai caractere de la grande Tragédie? On court avec elle audevant des Barbares, qui veulent enlever & sacrifier ce cher objet de sa tendresse, on répand des larmes, on est déchiré comme elle par mille sentimens cruels qui l'agitent à la fois, on espere fléchir le courroux de Gengis, on partage son désespoir, lorsque les conditions qu'il lui impose, l'obligent à choisir entre le trépas & le deshonneur, enfin on lui envie une mort généreuse qui met le comble à sa gloire & à l'attendrissement que cause une fin si déplorable: on s'identifie avec elle dans l'action de la Piéce, on présente son sein au fatal poignard, & par un mouvement plus fort encore, on court au devant du fer qui va trancher une vie si interessante & si vertueuse; effet admirable de l'organe, du pathétique & de la déclamation animée & touchante de l'inimitable Actrice, qui présente avec tant d'avantage des situations dignes d'être mises en pareilles mains.

Octar Lieutenant de Gengis, est un soldat ferme & dégagé de toute espéce de préjugé; son Role est ce qu'il doit être, sa férocité est une ombre nécessaire à la sensibilité de son Maître; & s'il fait valoir les principes des Orientaux à l'égard des femmes, comme ceux de Machiavel à l'égard des peuples, il fait refléchir par-là davantage d'interêt sur un Prince qui né dans le sein de la barbarie, céde sans effort à la voix puissante de l'humanité.

La Piece en général paroit conduite avec sagesse, il regne une économie dans l'ordonnance & la distribution du sujet & des Actes, qui étoit bien nécessaire pour tirer parti d'un fond aussi simple. L'unité d'action, & l'uniformité des moyens dont l'Auteur se sert pour la conduire, pourroient donner à l'ouvrage en total une surface de froideur & de monotonie; mais la multitude de détails heureux & frappans dont il est parsemé, une versification élégante, soutenüe, & forte de choſes, des ſituations nuancées avec art, & filées avec cette intelligence qui annonce le Grand-Maître, réparent avec avantage le défaut du ſujet, & ſoutiennent également & la chaleur de l'action & l'interêt du Spectateur dont elles attirent l'attention & le ſuffrage.

La premiére Scéne du premier Acte, contient une expoſition ſuccinte de ce qui s'appelle l'avant-ſcene. Idamé deplore les malheurs de ſa patrie, & apprend à Aſſéli ſa confidente, quel eſt le Conquerant redoutable qui s'avance vers la Ville du Cathay.

IDAMÉ.

Sçais-tu que ce Tyran de la terre interdite,
Sous qui de cet Etat la fin ſe précipite,
Ce deſtructeur des Rois, de leur ſang abreuvé,
Eſt un Scithe, un ſoldat dans la poudre élevé,
Un guerrier vagabond de ces deſerts ſauvages,
Climats qu'un ciel épais ne couvre que d'orages?
C'eſt lui qui ſur les ſiens briguant l'autorité,
Tantôt fort & puiſſant, tantôt perſécuté,
Vint jadis à mes yeux dans cette auguſte Ville
Aux portes du Palais demander un azile:
Son nom eſt Témugin; c'eſt t'en apprendre aſſés.

Aſſéli tremble en ſçachant que c'eſt le même Tartare dont Idamé a refuſé jadis la main : elles voyent la plus cruelle vengeance prête à fondre ſur leurs têtes ; une ſeule eſpérance les raſſure encore foiblement, elles ne peuvent croire ces Barbares abſolument ſans reſpect pour la Religion & pour ſes Miniſtres.

IDAMÉ.

. . . . .

On dit que ces brigands aux meurtres acharnés,
Qui rempliſſent de ſang la terre intimidée,
Ont d'un Dieu cependant conſervé quelque idée ;
Tant la Nature même en toute Nation,
Grava l'Etre ſuprême & la Religion.

Zamti ſon époux vient bientôt lui enlever ce reſte d'eſpoir ; il lui aprend l'entrée des Ennemis dans le Cathay, l'inutile réſiſtance des Chinois ; hélas, dit-il,

Nous étions vainement dans une paix profonde ;
Et les Légiſlateurs & l'exemple du monde :
Vainement par nos Loix l'Univers fut inſtruit ;
La ſageſſe n'eſt rien, la force a tout détruit.

Il lui peint ensuite leur entrée dans le Palais, l'esclavage & la mort volant de toutes parts, l'Empereur mis dans les fers, ayant à peine eu le tems de lui donner ordre de sauver le plus jeune de ses fils, & tandis qu'ils prennent la résolution de l'enlever & de se procurer par une prompte fuite un azile chez les Coréens, peuple tributaire des Chinois, qui est encore fidéle, & en état de se deffendre, Azir confident de Zamtti vient lui annoncer que toutes les issues du Palais sont gardées, & qu'il est inutile de tenter de se dérober au Vaïnqueur, il leur apprend la mort de l'Empereur, & les projets de vengeance de Gengiskan qui vient punir les offenses qu'il reçut jadis à la Chine, il leur fait en peu de mots le portrait des Tartares:

Sa Nation farouche est d'une autre nature
Que les tristes humains qu'enferment nos remparts,
Ils habitent des champs, des tentes & des chars,

Ils

Ils ſe croiroient génés dans cette Villeimmenſe,
De nos arts, de nos loix, la beauté les offenſe.

Ils prennent la réſolution de ſauver au péril de leur vie le royal Orphelin qui leur eſt confié, mais Octar Lieutenant de Gengis-kan ſe préſente à l'inſtant, qui leur ordonne ſous peine de la vie de lui remettre l'enfant avant la fin du jour; cette Scéne fait un très-bel effet, & porte l'intérêt à un très-grand dégré; il ſort & les laiſſe conſternez. Idamé au déſeſpoir choiſiroit la mort, ſi elle n'étoit retenue par l'intérêt de ſon fils: chre Zamtti, dit-elle,

Je vous dirois mourons, & lorſque tout ſuccombe
Sur les pas de nos Rois deſcendons dans la tombe.

Zamtti a trop de fermeté pour rejetter cette idée; ah, dit-il,

Qui pourroit redouter & réſuſer la mort,
Le coupable la craint, le malheureux l'appelle:
Le brave la deſie & marche au devant d'elle,
Le ſage qui l'attend la reçoit ſans regret.

Mais comme il ne veut point s'ouvrir de ſon projet à Idâmé, il l'engage à retourner auprès de ſon fils ; & à peine eſt-il ſeul avec Azir, qu'après avoir exigé de lui le ſerment le plus redoutable, qu'il accomplira ce qu'il va lui ordonner pour l'intérêt de l'Empire.

ZAMTTI.

Allons, il ne m'eſt plus permis de reculer.

. . . . . .

AZIR.

Que pourrez-vous répondre au vainqueur irrité ?

ZAMTTI.

J'ai de quoi ſatisfaire à ſa férocité.

AZIR.

Vous, Seigneur ?

ZAMTTI.

O nature ! ô devoir tirannique !

AZIR.

Eh bien. . .

ZAMTTI.

Dans ſon berceau ſaiſi mon fils unique. . .

AZIR.

Votre fils !

ZAMTTI.

Songe au Roi, que tu dois conſerver.

Prends mon fils... que son sang.. je ne puis achever...

En vain Azir se révolte contre un ordre si terrible, Zamtti le force à sortir pour l'exécuter, & demeuré seul, il résiste courageusement à la voix de la nature, en se représentant ce qu'il doit à l'amour de son païs : ce qui présente sans doute une des plus belles situations qui soient au Théâtre, & des plus propres à tenir le Spectateur dans cette suspension, qui le conduit nécessairement à l'intérêt le plus vif.

Le second Acte est rempli de beautés mâles & frappantes, soutenues par la versification la plus noble & la plus harmonieuse. La premiere Scéne présente les combats intérieurs de Zamtti. L'image affreuse qu'il se fait du massacre de son fils, & des reproches d'une mere en fureur, abbatent son courage sans le porter à des remords contraires à ses principes : Azir vient bientôt lui annoncer la funeste catastrophe qu'il redoute, Zamtti voudroit au moins differer d'apprendre à Idamé une si terrible nouvelle, il propose à Azir d'en imposer à cette mere infortunée. Hélas! s'écrie t'il :

..... La vérité si souvent est cruelle,
On l'aime, & les humains sont malheureux par elle.

Mais bientôt son épouse vient détruire ce projet, elle arrive furieuse. Quel coup affreux vient-elle d'éprouver! Barbare, dit-elle à son époux, avez-vous pu y consentir, êtes-vous plus cruel que le Tartare même, oseriez vous exiger....

Que j'immole mon fils?

ZAMTTI.

Telle est notre misere,
Vous êtes Cytoyenne avant que d'être mere.

IDAMÉ.

Quoi sur toi la nature a si peu de pouvoir?

ZAMTTI.

Elle n'en a que trop, mais moins que mon devoir,
Et je dois plus au sang de mon malheureux Maître,

Qu'à cet enfant obſcur à qui j'ai donné l'être.

Effort ſuprême d'un pere généreux, qui oublie tout pour ſe ſouvenir qu'il eſt citoyen ; ces deux Vers ſeuls ſuffiſent pour mettre le caractere du Mandarin dans ſon vrai jour, & détruire toutes les malignes interprétations, & tous les jugemens outrés. Quoi, dit Idamé.

Ces Rois enſevelis diſparus dans la poudre,
Sont-ils pour toi des Dieux dont tu craignes la foudre ?
A ces Dieux impuiſſans dans la tombe endormis,
As-tu fait le ſerment d'aſſaſſiner ton fils ?
Hélas ! grands & petits, & ſujets & Monarques,
Vainement diſtinguez par de frivoles marques,
Egaux par la nature, égaux par le malheur,
Tout mortel eſt chargé de ſa propre douleur,
Sa peine lui ſuffit.

Qui ne ſent que c'eſt ici le langage d'une mere forcenée de déſeſpoir, qui ne voit que ſon objet, devant qui tout paroît mépriſable, en comparaiſon de ce cher enfant, objet de toutes ſes craintes ; attaquer la force de ſes expreſſions, c'eſt attaquer la nature même ; je n'entreprendrai pas de la deffendre, tous les cœurs sont chargés de sa cause, elle se suffit à elle-même, elle parle, & tout se tait devant elle.

Bientôt Idamé apprend à son époux qu'elle a arraché elle-même son fils aux Tartares, & ce pere infortuné ne peut se refuser à un mouvement de joie : mais bientôt rapellé à toute la sévérité de ses principes, & à ce qu'il doit à la promesse qu'il a faite à son Maître expirant, il reproche à son épouse qu'elle trahit à la fois & le Ciel & l'Empire, & le sang de leurs Rois ; De mes Rois ? dit Idamé,

. . . . Va, te dis-je, ils n'ont rien à prétendre ;
Je ne dois point mon sang en tribut à leur cendre,
Va, le nom de sujet n'est pas plus saint pour nous,
Que les noms si sacrés & de pere & d'époux,
La Nature & l'Hymen, voilà les loix premieres,
Les devoirs, les liens des nations entieres,
Ces loix viennent des Dieux, le reste est des humains.

Zamtti fait de vains efforts pour

l'engager à accorder davantage au péril de leur ſituation, lorſque le terrible Octar vient bientôt interrompre un combat ſi touchant. Miniſtre de la vengeance & de la mort, il mêle les reproches les plus amers aux menaces les plus terribles, & leur ordonne derechef de livrer l'Orphelin, en leur annonçant l'arrivée de Gengis-kan ſon Maître. L'Empereur paroît, & ſon premier ſoin eſt de modérer la férocité active de ſes Chefs & de ſes ſoldats. C'en eſt aſſez, dit-il,

J'envoyai la terreur & j'apporte la paix,
La mort du fils des Rois ſuffit à ma vengeance,
Etouffons dans ſon ſang la fatale ſemence
Des complots éternels & des rébellions,
Qu'un fantôme de Prince inſpire aux Nations;
Sa famille eſt éteinte, il vit, il doit la ſuivre:
Je n'en veux qu'à des Rois: mes ſujets doivent vivre.

Il ordonne à ſes Lieutenans de reſpecter tous les monumens des arts, de l'induſtrie, & de l'étude des Chinois;

Si l'erreur les dicta, cette erreur m'est utile ;
Elle occupe ce peuple & le rend plus docile.

Il distribue ensuite différens départemens à ses Chefs, & après les avoir congediés, il reste seul avec Octar, à qui il ouvre son cœur, ses combats, ses incertitudes, le dépit qu'il conserve des refus d'une femme Chinoise, la honte qu'il ressent de s'en souvenir encore, malgré la vie laborieuse, & les grands projets qui auroient dû l'en distraire : Tu le sçais, lui dit-il ?

Dans nos antres du Nord, dans nos stériles champs
Il n'est point de beauté qui subjugue nos sens :
De nos travaux grossiers les compagnes sauvages,
Partageoient l'apprêté de nos mâles courages :
Un poison tout nouveau me surprit en ces lieux ;

Octar tâche de le détourner de cette idée importune & nuisible à sa gloire, lorsqu'Osman vient lui apprendre qu'au moment où on alloit immoler l'Orphelin, une femme éperdüe est venüe se jetter au milieu des armes, & a suspendu les coups des Soldats :

Ses

Ses yeux, ſon front, ſa voix, ſes ſanglots, ſes
clameurs ;
Sa fureur intrépide au milieu de ſes pleurs,
Tout ſembloit annoncer par ce grand caractere,
Le cri de la nature & les pleurs d'une mere :

Mais que ſon époux déſavouant ſes plaintes, perſiſtoit à ſoutenir que c'étoit le royal Orphelin, objet de leurs recherches. Gengis-kan incertain ne peut donner aucun ordre ; mais Octar pour diſſiper ſon irréſolution lui dit :

Aux enfans de ſon Maître on s'attache ardemment,
Le fanatiſme alors égale la nature,
Et ſa douleur ſi vraie ajoute à l'impoſture :

L'Empereur veut qu'on interroge les coupables ; & après avoir ordonné à ſes Chefs de veiller aux entrepriſes des Coréens dont il craint le ſoulévement ; il ſort avec un déſir caché de voir une femme qu'il eſtime ſans la connoître encore, ce qui prépare avantageuſement la reconnoiſſance au troiſiéme Acte.

Gengis toujours occupé de la nécessité de faire périr l'Orphelin, apprend d'Osman un de ses Lieutenants, que l'appareil du supplice n'a pu ébranler le Mandarin ni sa femme, que les Tartares mêmes ont été attendris & étonnés de leur douleur, & que la Mere demande à se jetter à ses genoux & attend tout de sa clémence. Il y consent & céde à un mouvement inconnu, lorsqu'il croit n'écouter que sa colere. Ciel! Quel est son étonnement, & quel trouble s'empare de ses sens! lorsqu'il reconnoît dans cette Captive éplorée, cette même Idamé, dont l'image est malgré lui trop présente à son cœur, & dont les refus ont empoisonné jusques ici toutes les douceurs de sa vie. Idamé ne se méprend point aux mouvemens que sa présence excite dans l'ame du Monarque barbare, un ruisseau de larmes coule de ses yeux: ah Seigneur, s'écrie-t-elle,

Tranchez les tristes jours d'une femme éperdue;
Vous devez vous venger, je m'y suis attendue,
Mais épargnez mon fils, mon fils est innocent.

Gengis à peine revenu de sa surprise & de son saisissement, se rend maître de son trouble & des mouvemens qui le portent à la vengeance, il l'assure de sa protection pour elle & pour son fils; mais ajoute-t-il,

De la vérité, Madame, il faut m'instruire.

Il veut sçavoir quel est cet époux, ce mortel qu'il dévoue déja à sa jalousie & à sa haine:

Depuis quand formâtes-vous ces nœuds?

IDAMÉ.

Depuis que loin de nous le sort qui vous seconde
Eut entraîné vos pas pour le malheur du monde.

GENGIS.

J'entens, depuis le jour que je fus outragé.

La présence de Zamtti qu'on amene à ses yeux, le rend bientôt à toute sa rage, il redouble ses menaces, & passant aux effets: allez, dit-il,

. . . . . Que l'on saisisse
L'Enfant que cet Esclave a remis dans vos mains,
Frapppez . . . .

Idamé ne peut résister à cet ordre barbare: Eh bien! s'écrie-t-elle,

Mon fils l'emporte . . . . . .

. . . .

Seigneur, il eſt trop vrai que notre auguſte Maître
Qui ſans vos ſeuls exploits n'eut point ceſſé de l'être,
A remis à mes mains, aux mains de mon époux
Ce dépôt reſpectable à tout autre qu'à vous ;

. . . .

Mon Epoux inflexible en ſa fidélité,
N'a vu que ſon devoir & n'a point héſité :
Il a livré ſon fils . . . . . .

. . . .

Je devois reſpecter ſa fermeté ſévere,
Je devois l'imiter, mais enfin je ſuis mere.

. . . .

Voyez de cet enfant le pere confondu,
Qui ne vous a trahi qu'à force de vertu,
L'un n'attend ſon ſalut que de ſon innocence,
Et l'autre eſt reſpectable alors qu'il vous offenſe.

Gengis toujours furieux contre Zamtti, que mille motifs ſécrets lui rendent odieux, lui ordonne de déclarer ſon ſécret, ou d'attendre la mort, mais l'intrépide Zamtti lui répond :

Le crime eſt d'obéir à des ordres injuſtes ;
La ſouveraine voix de mes Maîtres auguſtes
Du ſein de leur tombeau parle plus haut que toi ;

Tu fus notre vainqueur, mais tu n'es pas mon Roi.
Si j'étois ton sujet, je te serois fidelle,
Arrache-moi la vie, mais respecte mon zéle :
Je t'ai livré mon fils, j'ai pu te l'immoler,
Pensé-tu que pour moi je puisse encor trembler.

L'Empereur ordonne qu'on l'entraîne : en vain Idamé veut s'opposer à cette violence, allez lui dit-il,

Si jamais la clémence
Dans mon cœur malgré moi pouvoit encor entrer ;
Vous sentez quels affronts il faudroit réparer.

Idamé sort, & l'Empereur demeure en proie aux mêmes contrariétés ; Octar fait d'inutiles efforts, pour rappeller en lui la dureté caractéristique de sa Nation. Gengis, occupé d'une passion qui vient de réprendre des forces nouvelles, forme mille projets de vengeance qui sont détruits dans l'instant ; moi s'écrie-t-il avec fureur :

Moi rival d'un Esclave & d'un Esclave heureux.

En vain Octar lui répond :

Et qu'importe pour vous qu'un Esclave de plus
Attende en gémissant vos ordres absolus ?

Ah, reprend Gengis!

Quel bonheur honteux, cruel, empoisonné,
D'assujettir un cœur qui ne s'est point donné,
De ne voir en des yeux dont on sent les atteintes
Qu'un nuage de pleurs & d'éternelles craintes;
Et de ne posséder en sa funeste ardeur,
Qu'une esclave tremblante à qui l'on fait horreur?

Cette idée le maîtrise à un tel point, que malgré son dépit qu'il exprime par ces deux vers:

Je me rends tout entier à ma grandeur suprême;
Je l'oublie, elle arrive, elle triomphe, & j'aim

Il prend la résolution de la sauver, de la voir, de l'aimer malgré elle, de l'attendrir ou de se venger; enfin il donne le plus grand spectacle de tous les combats qu'excitent des passions opposées, dans un cœur véhément & vertueux.

Le quatriéme commence par des réflexions de Gengis, sur le peu de bonheur qui accompagne la suprême Puissance; son cœur cruellement déchiré par une passion qui a repris tout son empire, lui fait envisager avec horreur tous les soucis attachés à la pourpre.

Des vainqueurs à conduire
Des périls à prévoir, des complots à détruire,
Que tout pese en secret à mon cœur tourmenté!
Ah! je fus plus heureux dans mon obscurité.

Octar lui annonce la fermeté toujours inébranlable du farouche Mandarin.

Non, s'écrie Gengis:

Je ne reviens point encore de ma surprise,
Quels sont donc ces humains que mon bonheur maîtrise?

. . . . .

Je vois un Peuple antique, industrieux, immense;
Ses Rois sur la sagesse ont fondé leur puissance,
De leurs voisins soumis heureux Législateurs,
Gouvernant sans conquête & regnant par les mœurs

. . . .

Mon cœur est en secret jaloux de leurs vertus:
Vainqueur, je suis forcé d'admirer les vaincus.

Mais son Lieutenant poussant jusques au bout sa féroce franchise: obéis, lui dit l'Empereur d'un ton absolu.

De ton zele hardi reprime la rudesse.
Je veux que mes Sujets respectent ma foiblesse.

Octar sort, & Gengis reste abîmé dans mille pensées différentes, la barbarie de sa Nation le revolte davantage depuis qu'il a reçu dans son cœur une passion plus douce:

Tant d'Etats subjugués ont-ils rempli mon cœur?
Ce cœur lassé de tout demandoit une erreur
Qui pût de mes ennuis chasser la nuit profonde,
Et qui me consolat sur le Thrône du Monde.

Il se propose d'éloigner des Chefs trop féroces pour habiter une Cour.

Qu'ils combattent sous moi, qu'ils meurent à ma suite,
Mais qu'ils n'osent jamais juger de ma conduite.

Idamé arrive, & l'Empereur résolu enfin de sortir d'un si cruel abîme, lui déclare sa passion, & lui offre un divorce avec Zamtti, que les Loix Tartares authorisent; mais Idamé toujours inébranlable dans ses devoirs, refuse de rompre une union que leurs péres ont formée, & qui est sacrée pour elle à tous égards; Seigneur, lui dit-elle :

De nos parens sur nous vous sçavez le pouvoir,
Du Dieu que nous servons ils sont la vive image,
Nous leur obéissons en tout tems, en tout âge.
Cet Empire détruit qui dût être immortel,
Seigneur, étoit fondé sur le droit paternel;
Sur les loix de l'hymen, sur l'honneur, la justice,
Sur la foi des sermens; & s'il faut qu'il périsse,
Si le sort l'abandonne à vos heureux forfaits,
L'esprit qui l'anima ne périra jamais.

Et pour terminer des discours qu'elle ne peut entendre sans que sa vertu en rougisse, permettez, lui dit-elle, Seigneur,

Qu'à jamais mon époux les ignore;
De ce foible triomphe il seroit moins flatté
Qu'indigné de l'outrage à ma fidélité.

L'Empereur poussé à bout, lui ordonne de rompre son hymen, & de livrer l'Orphelin, & sort en lui disant que les jours de Zamtti & de son fils répondront de sa résistance.

Idamé reste en proye à la douleur

la plus amere ; en vain voit-elle la nécessité de fléchir sous l'implacable Gengis, la voix de l'honneur, supérieure à tout dans son ame abbatue, l'empêche de s'y résoudre, & la présence de Zamtti, qui vient partager sa douleur, l'affermit encore dans ce généreux dessein, cependant cet époux ce pere malheureux, animé toujours du même zéle, s'écrie :

Un Citoyen n'est rien dans la cause commune,
Il se doit oublier. Idamé, souviens-toi,
Que mon devoir unique est de sauver mon Roi,
Nous lui devons nos jours, nos sentimens, notre être,
Tout, jusqu'aux jours d'un fils qui naquit pour son Maître.

En vain Idamé résiste à ses instances, Zamtti dans la fureur de son patriotisme lui propose de la céder au Tyran, en s'immolant lui-même ; elle rejette un moyen qui l'arracheroit à un époux chéri, pour la mettre dans les bras d'un vainqueur qu'elle abhorre ; mais le ciel touché de leurs malheurs & de leurs vertus, lui inſpire un autre moyen de ſauver ſon Prince & ſon païs, elle projette de s'ouvrir un paſſage dans les ſouterrains où l'Orphelin eſt caché, elle médite de le confier aux chefs des Coréens : j'irai, dit elle avec tranſport, le porter dans leurs rangs :

Nous mourrons s'il le faut, mais tout couverts de gloire
Nous laiſſerons de nous une illuſtre mémoire,
Mettons nos noms obſcurs au rang des plus grands noms,
Et juge ſi mon cœur a ſuivi tes leçons.

Zamtti rend graces au Ciel de leur avoir donné un deſſein ſi favorable, & ils ſortent pour exécuter ce qu'ils regardent comme leur derniere reſſource.

Idamé paroît au cinquiéme, toujours livrée aux plus cruels ennuis ; Aſſéli lui apprend que les Corréens viennent d'être vaincus par Gengis, & que tout eſpoir de ſalut leur eſt déſormais ravi. Idamé raconte à Afféli la rage avec laquelle l'Empereur a ordonné la mort des deux Enfans ; en vain celle-ci lui conseille d'adoucir sa fureur, non, dit Idamé :

Quand le Ciel en colere
De ceux qu'il persécute a comblé la misére,
Il les soutient souvent dans le sein des douleurs,
Et leur donne un courage égal à leurs malheurs.

Elle ajoute qu'elle est résolue de mourir, mais Afféli lui montrant la triste destinée de son fils, lui rend bientôt toute sa foiblesse. Quelquefois aussi elle se flatte que Gengis dédaignera de tremper ses mains dans le sang d'un enfant ; lorsque Octar entre tout à coup, qui lui annonce que l'Empereur veut lui parler encore : Afféli se retire, & Gengis entre furieux, son abord est mêlé de reproches & de menaces sanglantes, il veut sçavoir d'elle s'il lui doit enfin sa haine ou son amour.

Seigneur, lui répond Idamé :

L'une & l'autre aujourd'hui seroit trop condamnable,
Votre haine est injuste & votre amour coupable;
Cet amour est indigne & de vous & de moi;
Vous me devez justice, & si vous êtes Roi,
Je la veux, je l'attends, pour moi contre vous même,
Je suis loin de braver votre grandeur suprême,
Je la rappelle en vous lorsque vous l'oubliez,
Et vous-même en secret vous me justifiez.

Hé bien, dit Gengis, forcené de rage:

...... Vous le voulez, vous choisissez ma haine
Vous l'aurez, & déja je la retiens à peine, &c.

. . . .

Ce mot que je voulois les a tous condamnez
C'en est fait, & c'est vous qui les assassinez.

Idamé tombe à ses pieds éperdüe & tremblante, elle lui demande pour unique faveur, que son Epoux soit introduit auprès d'elle, ajoutant que c'est pour la derniere fois qu'elle veut lui parler: non, reprend Gengis avec transport:

Non, ce n'étoit pas lui qu'il falloit consulter.

Cependant il consent encore à cet

te entrevüe, & bientôt il se retire & Zamtti paroît: Idamé verse dans son sein ses mortelles allarmes: ils attendent tous deux le dernier supplice, & le Mandarin s'étonne même que sa mort ait été retardée: Hé bien, dit Idamé, écoute moi,

Ne sçaurions-nous mourir que par l'ordre d'un Roi?
Les Taureaux aux Autels tombent en sacrifice,
Les criminels tremblants sont traînés au supplice,
Les mortels généreux disposent de leur sort;
Pourquoi des mains d'un Maître attendre ici la mort?
L'Homme étoit-il donc né pour tant de dépendance?
De nos voisins altiers imitons la constance,
De la nature humaine ils soutiennent les droits,
Vivent libres chez eux & meurent à leur choix:
Un affront leur suffit pour sortir de la vie,
Et plus que le néant ils craignent l'infamie;
Le hardi Japonnois n'attend pas qu'au cercueil
Un despote insolent le plonge d'un coup d'œil, &c.

Mais comment, dit Zamtti, nous procurer une mort si désirable? Désarmés & captifs, comment finir nos malheurs? Tien, dit Idamé en lui présentant un poignard,

. . . . . sois libre avec moi, frape & délivre-nous;

. . . .

Tieu, Commence par moi, tu le dois... tu balance...

. . . .

ZAMTTI.

je frémis....

IDAME'.

tu m'offense

Frappe & tourne sur moi tes bras ensanglantés.

ZAMTTI. (*leve le poignard.*)

Eh bien, imite-moi...

IDAME'.

Frappe, dis-je.

C'est ici que se fait un combat qui excite dans l'ame du Spectateur une pitié & une terreur impossibles à décrire : on tremble pour ces deux époux infortunés, on s'agite, on s'écrie avec eux, on a le cœur serré de douleur & de crainte, lorsque l'Empereur paroît tout à coup, & saisissant le poignard,

. . . . Arrêtez,

Arrêtez, malheureux, ô Ciel! qu'allez-vous faire ?

IDAME'.

Nous délivrer de toi, finir votre misere,

. . . . .

D'où vient que notre Arrêt n'eſt pas encor porté ?

GENGIS-KAN.

Il va l'être, Madame, & vous allez l'apprendre.
Vous me rendiez juſtice, & je vais vous la rendre.
A peine dans ces lieux je crois ce que j'ai vu,
Tous deux je vous admire & vous m'avez vaincu, &c.

. . . .

Veillez, heureux époux, ſur l'innocente vie
De l'enfant de vos Rois que ma main vous confie,
Par le droit des combats j'en pouvois diſpoſer,
Je vous remets ce droit dont j'allois abuſer.
Peut-être à cet enfant heureux dans ſa miſére,
Ainſi qu'à votre fils, je tiendrai lieu de pere ;
Vous verrez ſi l'on peut s'en fier à ma foi,
J'étois un Conquérant, vous m'avez fait un Roi.

. . . .

Que la ſageſſe regne & préſide au courage,
Triomphez de la force, elle vous doit hommage,
J'en donnerai l'exemple, & votre Souverain
Se ſoumet à vos loix les armes à la main.

IDAMÉ.

Ciel ! que viens-je d'entendre ! hélas puis-je le croire ?

ZAMTI.

ZAMTTI.

Vous êtes digne enfin, Seigneur, de votre gloire,
Ah! vous ferez aimer votre joug aux vaincus:

IDAMÉ.

Qui peut vous inspirer ce dessein?

GENGIS.

Vos vertus.

Ainsi finit une Piéce qui laisse à tous les états & à tous les cœurs les plus grands exemples à suivre, & les plus beaux sentimens à admirer. Cette clémence si préférable à tout dans un Souverain, ce Patriotisme si respectable dans un citoyen, cet amour pour son fils si touchant dans une mere, tout y est présenté dans un jour vainqueur, fait pour frapper les ames les moins sensibles, les mœurs d'un peuple ancien, considérable, digne de toute notre estime par ses loix, ses arts, son commerce, & par l'incomparable aménité de ses mœurs, en un mot tout ce qui s'appelle *couleur locale* y est fondu de main de maître,

& employé avec une intelligence & une vérité qui ne laisse rien à désirer. Il seroit injuste de passer ici sous silence l'ardeur, l'union & la bonne volonté générale avec laquelle les Comédiens se sont portés à tout ce qui pouvoit augmenter ou concourir au plaisir du Public; l'Optique, le Pittoresque, cette Magie des yeux qui a un si grand pouvoir sur l'imagination, & qui l'encadre si fort) si j'ose me servir de ce terme) dans le sujet qu'on lui présente, cet avantage, dis-je, si réel, & si long-temps négligé sur nos Théâtres, a été porté dans cette occasion-ci, aux frais de la Troupe, à toute la perfection que la coupe & la disposition intérieure de la Salle pouvoient permettre; & Mademoiselle *Clairon* dont je ne puis me lasser de faire ici l'éloge, a mis la derniere main à la satisfaction générale, par la noblesse, le feu, le pathetique, la fermeté, les larmes, & sur tout la vérité singuliere avec laquelle elle a rendu son Rôle: les sieurs *Sarrazin* & *le Kain*, & généralement tous les Acteurs, ont aussi fait briller leurs talents, autant que ce qu'ils avoient à rendre leur a permis de les exercer.

Que si tant d'efforts réunis de la part des gens de l'Art, tant de travaux & de malheurs d'un grand homme, n'ont pû ramener en sa faveur quelques personnes recommandables d'ailleurs par mille endroits, loin de tenter de combattre leur opinion, par ces disputes bruyantes & classiques, qui finissent presque toujours par une aigreur réciproque, & ce qui est plus injuste encore, par des ressentimens souvent personnels : l'homme indifférent, éclairé & spéculatif, doit être nécessairement conduit par un tableau si singulier, à reconnoître un ordre supérieur qui préside au Gouvernement du monde, & un concours de causes secondes, disposé sensiblement pour empêcher que rien ne soit parfait dans l'humanité.

FIN,

www.ingramcontent.com/pod-product-compliance
Ingram Content Group UK Ltd.
Pitfield, Milton Keynes, MK11 3LW, UK
UKHW022146170726
13837UKWH00004B/1822